膜にそって膜を

蜆シモーヌ

書肆 子午線

ぼくにはことばなんてなかった

きみがぼくの
ピアノでよかった
きみのながれる黒髪に
ふれるぼくの手は
この地上に
きらめく雨のことばを降らせていた

きみがぼくの
ピアノでよかった

きみの春めいた首筋に
したたる雨滴は
この地上を
ぬれることばの森にかえた

ぼくにはことばなんてなかった

ぼくには
あぁ、
きみしかいなかった

膜にそって膜を　目次

装幀＝鈴木規子

膜にそって膜を

感性

かぎりあるものが
今日
はじまる
勇ましい無限の血筋をひいて
かぎりあるものが
今日
はじまる
美しい世代の感性をうけついで
かぎりあるものが
今日
はじまる
魂の目覚めにうながされ
かぎりあるものが
今日
はじまる

無限の手がその背をおして

かぎりあるものが
永遠に
はじまる

おそるべき。季節がおそるべき誕生を、指おりかぞえている。愛を

激しさを食べ

かぎりあるものが
無限に
はじまる

あたたかな守護に抱かれて

ぴりか

そんのあな
あよいぽ
ぴりか
ぴりか
みな
かすの
みな
かね
ぴりか
ぴりか
へたく
ぽんの
しにあん
ろ
あん
ろ
ぴりか
ぴりか

ここは楽園です。

ほんまやね
うわ
ええやん
ええやん
めっちゃ
うれしそうに
わろてるで
ええやん
ええやん
ほな
ちょっと
休も
や
休も
ええやん
ええやん

しりぴりか
ええ天気

しにしかんと

かんとりもしり
から
鳥
ぴりか
雲
われ
美空から綺麗な来臨
ほれ
河
わいて
ぷるぷるけ
穂
もえ
ぷしぷしけ

ぴりか
ぴりか
きれい
きれい

これは吉兆です。

ほくれ
いぺ いぺ
いく いく
はよう
たべーさ たべーさ
のみーさ のみーさ
けむころえ
ぺろぺろしーや
ぬんぬんころえ
ちゅっちゅしーや

ぴりか
ぴりか
うまい
うまい

欲望は共同です。

もしり
ぴりか

国はさかえ
ほけ
れけれ
しりさ／われ

めでたく御開帳です。

うん、
ぴりか
ぴりか

それはつつみこむ恩寵です。

時代

おとなに
なれなかったぼくは
さむい
からだを
長いコートの裾にしなわせ
こころをゆるして
えんどうくんに会いにいきました
ならんで歩く
肩はたかく
ひしめく
うらみちは
知らないまちのはなやかさを
よそおい
時計のまちだったのにさ
いつのまにかホルモンのまちになっちゃって
はじめて耳にする
ひくい声で
えんどうくんは
そう言い
ふりむいて
ぼくの名前を呼びました

ほそい路地を入ると
お店はありました
あたたかいものがいいよねえ
向かい合わせで
座りました
唐揚げがすきなのよねえ
お新香も、
すきなのよねえ
あ、よろしいね、よろしいね
言葉少なに
相槌を打つと
えんどうくんは
やはり
ひくい声で
とてもうれしそうに笑うのでした
おもかげを拾う
まなざしは
テーブルのあいだを
寄せては返し
ひらひら
反射し

やさしく光り
ときおり
ちいさく静まるので
ぼくのこころはゆれるのでした

柔弱な
からだは
十代の
推定される感受性のなかに
ぼくたちだけを
とじこめて
薫りつづけることだろう

何も言わずにおとなになった
えんどうくんは
いまも
理髪店を
いとなんでいます

ぼくたちのことばが転んだとき

ぼくたちのことばが転んだとき
白い袖は
インクで滲み、鳥は。
囀るのをやめた

ぼくたちのことばが転んだとき
庭のハンモックは
回廊の下に埋もれ、虹は。
空にかかるのをやめた

ぼくたちのことばが転んだとき
聖壇の上に
汚れた火の粉が降り、手は。
祈るのをやめた

ぼくたちのことばが転んだとき
喉をうるおす蜜は
灰にかわり、正義は。
声を失った

ぼくたちのことばが転んだとき
一輪の花さえ虚無だった。

王国の朝

夏霞み。君が
口をつけたあとのウィンナーコーヒーは
とても眠たくて
テーブルから水がこぼれると
もう、
ナイアガラの滝です。あぁ、
港の灯りが
涙でにじむなら
ここへおいで
いつだって
かなしみは君の味方です
うすめてはいけない
水びたしの
へだたりを潜ってわたる
ぼくはサブマリーン

深呼吸をして

夢のなか。クジラが王国をきずいている
見下ろせる
モータープールの光る

背の群れ
君と。
見ていたんだ
さかさまにのぼるクジラは、すごく
すごい大きいんだ
午前3時のブルースコール
雨滴にけむる
ガラスの塔。
尾ひれが腕にふれるほど近かった、すごく
すごい上昇なんだ
君とぼくのいる高さまで
君と。
見ていたんだ
観測できないクジラのおもさ
すれちがう
みっつの心臓
神聖。
振幅空間のなか
美しい体積は浮上し、下降して
また浮上し
ふきあげる潮の音しかしない

君と。

見ていたんだ
ひとつに統一された心臓を
透過する
声。の室内で

めざめれば、あとかたもなくなる王国
たとえば
君とぼくのように

かお

うわっ　、と
なき
くずれるあのかおは
いったい
にんげんかんじょうと
せいりの
電位の差異から
くる
めたおるがすむのしゅんかんばくはつです
かお、いきます。
排泄めたおるがすむで
かお、いきます。
ぜんめんてきにそとへ
かお、でています。
原初肛門にはっする
腸管は
ながいとしつきをかけ
先をのばし
にんげんのかおになりました
そのかおは、
だから

よくおぼえている
これまで
味わってきた種のくるしみも
かなしみも
欲も、喪失も
救いも
よろこびも
おおいなるぬくもりも
かおは、
そのしたでおぼえている
記憶の、
さいせんたんぶで
かお、いきます。
原初生命体の
血を分有し
おぉ。
おふ、あふあつい
蠕動で
たまらず
うわっ　、と
なき

くずれるときの
にんげんのかおのしたには
海がある
ちきゅうそうせいきの
ひかる
海がある
万物るてんの、ぐろてすくな
あの、
もえるような海がある
億万年前の
あの海が。
だから、
なみだはあんなにしょっぱいのだ
おぉ。
かおが、
海からそとへでて、いきます。
かおのしたから
そとへでて、いきます。
きょうつうの海の記憶におされて
生きる意味に
おされて

かおは、
ばいおりずみかるにでて、
いきます
おぉ。
ぜっちょうの
かおで
なんどでも
かんじょうせいりに
みちみちて
あふれる海に胸ふるわせて
ぼくもいきます。
あの海へ
きみによく似たぼくのかおで
ぼくはいきたい。
きみの海へ
その海をぼくは愛とよぶ

祝下心

心　心心心心心心心心心心心心心心心心心心
心心心心心心心心心心心心心心心心心心心心心
心心心心心心心心心心心心心心心心心心心心心
心心心心心心心心心心心心心心心心心心心心心　　　　　↓　↓　　↓
心心心心心心心心心心心心　　心心心心心心心心心心心心心心心
心心心心心心心心心心心心心　　　心心心心むふふふ心心心心心
心心心心心心心心心心心心心　　　　心心心心心心むふふふふ心
心心心心心心心心心心心心心　　　　むふ心心心心心心心心心心
心心心心心心心心心心心心　　　心心心心心心心心心心心心心心
心心心心心心心心心心心　　　心心心心心心心心心心心心心心心
心心心心心心心心心心心心心心心心心心心心心心　　　　↓　↓　　↓
心心心心心心心心心心心心心心心心心心心心心心
心心心心心心心心心心心心心心心心心心心心心心
心心心心心心心心心心心心心心心心心心心心心心
心心心心心心心心心心心心心心心心心心心心心心
　心心心心心心心心心心心心心心心心心心心心
　　　心心心心心心心心心心心心心心心心心心

（　あーみえてきた　）

あん　おきゅぱいど

あたしのなかのなかのなかののなかにあたしをあたしは持ちンーっ　あるいて生きているのが、もち
このあたしです。っていう
あたしてりとりー
っていう
ものをンーっ　あた、あたたしは持ちあるいて生きているこのあーあ、たしは
あん、もー（おえっぷ）
あたしのなかの推定たかだかすーみくろんのなかのあたしのなかのまんなかにある、この
へきえきしている
この、あたしです。
てきな
えいきゅうくろーずど
まんなか、あんこしている
まんじゅうてきな
この
あたしの一生。それが、あたしです。

はーあ、神よ

一生。あたし、あたしてりとりーに
おきゅぱい
されて生きていくなんてそんな星のもとに生まれたおぼえは

毛ほどもないこのあたし
もうみるなあたしをみるな、みえてしまえるとおもっていられるな、あたしを
ゆうえつ
おきゅぱいしようとするな

いいか、神よ

はやくもあたしはぬけだしてみせるこの、えいきゅうくろーずど
まんなか、あんこしている
まんじゅうてきこの、
あたしてりとりーからも
ゆうえつシカンてきカンシてきシセンの支配からも
自発的
ぼいどになって
あん　おきゅぱいどで
ぱっかー
してみせる

なー、神よ

はよう、あたしをいかせたまえ、はようはよう

あん　おきゅぱいどで
まんなかまるごと、はっぴー
えんどへ
いかせたまえ
はい。
さらば、神よ
もー。おまえのものは（うへへへ）おれのもの
あたしたちは、いま
まんを持して
えいきゅうくろーずどまんなかあんこしている、この
あたしてりとりーを
なかから
すてきにおしひろげて（っ　てれー　）流動し
無敵になります
はい、はい。
あたしたちのそとであるおまえを、あたしたちの
内がわに持つにいたって
ここに、最適化。
ぼいどの生成がはじまる
あたしたちのためにおまえがくれた、あの
自由意志さえも

ふりだしにもどされて（ふっふっふ）いくだろう
もー。こわいものはなにもない
これ、

どお？　神よ

神よ。あたしたちはふたたびひとつになります。

りっく、すりっくる、きてます痛み

ぼくの痛み。が、今日もまばたきをしにくる
っくる、りっく
まばたきをすれば
ぼくは痛い、そう。痛い
のだが、
まばたきをするのはぼくではない
なのに、なぜ
痛い
かつて
ぼくにあった痛みがいまは過ぎ
別の痛みにおきかわり
っく、すりっくる
ここからそこへ、そこから、おくへ
すーるり
うごいている、この
痛みは
ぼくといっしょにうごいていいます

運命みたいに

どこからともなく

このとおり
つく、すりっくる、きてます
痛みが今日も
ぼくのところにやってくる
、んなら
あれはあんたとよぶのがしっくりくる、っく
る、すー
するりっく。きてますきてます
今日もきてます
ぼくが
からだを
るすしているあいだに
すっと
入ってくるあんたのすりみたいな、その
手口。
からだで
さっちすると
あんた
あか、るっく、る軽っくる
さっちされて
またしても

痛みⅠしⅡし、Ⅲするつもりでいたあんた
からだに
しれっとするーされうる
、んなら
いっそ
ぼくの痛み。なんか、笑ってしまえばいいんだ
それって、
すごく
いい薬。
つく、すりっくる、しっく
透うするーし
なんなら
痛みⅣしⅤし、Ⅵするつもりでいたあんた
きれいさ、
つぱるりっくするーされうる
、んなら
もう
ぼくの痛み。なんて、いわなくていいんだ
知覚。
りっく、透きっくる
さよならは

ぼくの
ほうから。
そして、
生まれてはじめてわかってくる
この、
痛みは
今日。だれかの痛みにつうじている

さっちして

だから
知覚。
りっく
すりっくる、きてよ
今夜。からは
どうか、ひとの痛みのわかるひとになってください

えむされみしーするし恣意、してほしい

霁囲気が
ああ、
きれいだな
どこまでも恣意し、させられるまま
ゆるされるだけ
恣意しされあえる、なに
してもいー、しー
そんな
霁囲気は
ああ、
とってもきれいだな
大気は
花にふれ、ひろまる花のひふは
大気にとけ
わたくしたちのひろい
ひふも
鼻もめも、そのずっとおくにある感受性も
大気にふれると
つつまれ、みちてゆく
そう。
花もわたくしたちも

たがいに
しーする透うし、ふくらんで
あまやかに
ひろまる
ひふのひょうめんは
波うち
ゆれ
くぼみ
すすんで
うけみになれるとき
花も
花に花みるわたくしたちも
大気へひらかれ
たがいにみちてゆける
そんな
すきに恣意しあえる
雰囲気。
みるみるふたいしてゆくのわかるでしょうか
その
ふたいしてを
おしかえしーしてゆくように

花も
花に花みる
わたくしたちの感受性も
花の
その、花らしさも
うつくしさも
たがいに
しー恣意し、みつめあうように
大気へ
かくちょうし、させあってゆく。そんな
まぶしい
真理へ
すすんで
こひーれんとしてゆくのわかるでしょうか
たがいに
ひふをひらき、もとめあい
やさしくつつまれてゆく
ああ、それは
なんて
きれいなのだろう
大気が

うん、そう。
大気が、いま
花のうつくしさをここまでふくらまし
はこんでくれる
それで
どこまでも
ああ、
きれいだな
、って
わたくしたちは感受できる
どこまでも
すきに恣意しーし
みちてゆけるときのしーする指数も
うん、と
たかまって
えすかれーとして
ああ、
しあわせだな
こんなに
しーしあい、されしあいーして
すすんで

うけみになれるのなら
わたくしたちのからだはそのためにある。
ああ、いい。
因子たがいに淫ししーしー
されさせあいーして
許しあいーするわたくしたちから
すすんで
ほうしされにゆくとき
花もわたくしたちも
まるごと
真理へ
しーされあいし
あざやかに
ここから
感受へ
しーしてゆけるから
花も
花に花みる
わたくしたちも
たがいに
大気にからだをためしあい、ささげ

あいして
与えあえるのなら
花のうつくしさはそのためにある。
ああ、
このまま、このまま
もっと
すきにしてほしい
うれしい
もう、
花の感受性で花をみている
わたくしたちは、いま
花という
あなたになり
花さえ
わたくしたちを写す
あなたに
なってゆけるから
からだの遅さはそのためにある。ああ、
なんてうれしさ
だって、
あなたの感受性であなたをみている

ああ、
きれいだな
　　おるとおると
　　　　すうし　刺っ　さ、し／鼻る　うる　もーめんと澄ーみ／吸みすーるし
うぱ／しくの
うぱしにしくる
うぱくの
指っ　さ、沁み　ねーみて。　あれ、（　きれい。）指さし
敏び　い　ーン　うる
初み澄みーするしーもーめんと　みち
吸いみ／すーういすみ
りぴしー
うる　すうるす
うんともっと澄みするしーもーめんと讃えよ
ああ、かしこまり、かしこまり　しー　す　ぴしー　／ろおどろおど　こお　おぺれーしょん

代入しー（　ああ、いい。　ここから、いつでもみんなになってゆける　）

えむされみ　わたくしみ滅ししーしー　吸うい吸い花み召されましー　うる　洗されみ

おるとおると　被ー／っ　胞。

春のために

ありし春の力のおわりが
ひとの世の
ひとけのない昼の
あのまるで
しつごしたままの谷間を
いくつもいくつにも
とおり抜けていくのは、それは
ほんとうです
春は、たんどくの春をして
ただ春のために
ひとり、春、してる。
そんなどこかおっかない、けついが
そこにありました
ただ春は春のために、春をし、春をでていく春。をでていく春。をでていく、
永遠の春。を
そして、
そこにはだれも入ってこられない
そんなどこかきわだった、きびしさが
そこにありました
いったい、
春は

神なのか
いやじつに
あの春はひとの世とはなんの
ゆかりもない
ありし神の力のおわりに
ひとしい
春で
あるのかもしれない

春は、ひとり
ひめやかにみずからを量産し

ありし
春を模倣して
ありし
神を
模倣して

いくえにも失う力をみにつけていくのか

ただ春のために。

もう、生き物であるひつようはない
とおい
空があんなにも、とおい
ひとはみずからを
模倣して
なにももたずに、そこをでていく

でらぱてでじゅじゅぶ

手よ。
ふたつとない
手を。
近づけよ
ふれよ

おぉ、
じゅてえむ

みなぎることばの張力。おぉ、
澄めよ
瞳を
うるおす恵みの
涙となり
いでよ
うねり、脈打つ心臓となり

ことばの血と肉を、この手で受けよ。

いま、
でらぱてでじゅじゅぶ《de la pâ-te de ju-ju-be》　に、こころみに
（せき止めのねり薬）

この
手でふれてみるとき
おぉ、
なかみ。
みる、みる
あふれだしてくる　じゅ、ぶ
、っ　じゅぶ
みるからに
もう
あふれだして
でらぱてでじゅじゅぶ　は、
おもさになる

あぁ、感触。手につたわることばの弾力。おぉ、

生きている

じゅてえむ
おぉ、
でらぱてでじゅじゅぶ
生きている

それは、
ふれられるものとしてのことばの
なかみ。
弾力
でらぱてでじゅじゅぶ
ふれたらわかる
この、
でらぱてでじゅじゅぶ　、の
なかみ。
でる
ぱてでじゅじゅぶ
文字どおり、
でて

胸に迫り
でらぱてでじゅじゅぶ　の　、
張力
いっきにもりあがり
せき、
切ったように

あふれだしたことばは、奇跡を起こしたのです。

あの日、
あなたがふれたことばは、
世界だった。

うぉーたー　うぉーたー

指でつづられた文字のかんしょくは
いま、この手。で
ふれている
ながれている

つめたいうぉーたーに
ちょっけつし、
あなたの
手のなかで
ことばになった

　うぉーたー　うぉーたー

よろこびはめざめ、もえ
美しく
しゅんじに
切りひらかれた世界は、おぉ
ふれられることば
だったのか
こころが世界へあふれだしていた

手を。
やわらかい
手を。
このかんじやすい世界に
さしのべよ

手を。
ことばにつつまれた
この世界へ

うぉーたー！　うぉーたー！

あふれだせ
ながれ
でろ
うねり、脈打つ海へ
海へ、海へ
ことばを
手に。
この世界を語れ
手を。
ふれよ
こころよ
あふれ
でろ、でら
ぱてでじゅじゅぶ　でらぱてでじゅじゅぶ
せき、

止められない

海へ
海、海さえも超え

飛べ

手よ。
世界のはじまりのあるほうへ
手よ。
その揚力を抱きしめ
ぼくたちは
ことばの使徒となり、この海を名づけよ

てすとてすと、たえ子。島ぷうるすくりいん

（てす、てす　つー）
うくしまくまく　うる　らぐうん。
てす、て　すくりいん
てす、　くりいん　そこはうごいている。
そこは、（つ　ー　てすてす）　まくまく　ぷうるにうかぶ島。　たえ子は
ぷうるすることばを　この島を　　つつ　み　うまく　まくまくし
（てー　てすてす）
そこをうごかしている。　　うぷうぷし
うる　生え生え胞うる　あるすこんび　な　とり（うむ　）あ　、　る（うむ　）すこんびな（びく　）とりあ
そこに　ことばをぷうるし、たえ子は　くまなく
うる　まくまくし　　島を
つつ　みこみ　　胞う。ほ、　胞う
島を
しあわせにするために島にえらばれた王妃。　たえ子は
て　て、てす　てす　くりいん
うる生え生え胞　まくまくぷうるしくるみ　浮く島そこは、
あたりいちめん　たえ子、います生きてまくまく仕事しています。
喩　の、まくし
胞う、　うる　たいせつにまくしうる
うる。
それは、未分化のことばのもと。それ以上は、とてもほどけないひも状の　　もの

つー、つつ っ ーつ ー とおりとおりてすてす、まくのて、てす てすくりいん つー つつーーつ べうる。くりいん ーーつ 細胞性反応し

ふさわ しく

まくにそってまくに書き込まれていく い

とおしく

わくわくするもし、うれしわなもし すくすくうぷもしするほうへ 、てすてす くりいん て、て

すくりぷと群。

すりる。

内包し

まくすくりいん とおし うる。& うる。し、 い い

胞され （るうむ ）内内に 奉仕する うる。内包し （ るうむ）内 うる。内 内内に

おくおくの、喩 とおし まくまく、喩 して うる。 遊するー

うる。

つつむうるわしい分子すくりいん。 たえ子は まくし、

ことばの性 なる喩。とおし、 うぃ

とおとお推移し 波、ゆらぎ。風そよぎ

てすてす まくのてすと中。ただいま まくのとおし て、てすと す、 てーす あせす。面とし面しー ま。遊しー ま。まくのてすと中

うくしまく 喩。の 、ま。

おく、おっくるく まく 偶然。 まくしうくまく 喩。の おんまくまく

面し 喩。し 花し、うる。癒うるし うるおんまく ん、ま 。 間 、うま、うま まくしまる

まぷまぷしー れ うる。し

ひろく 成分。分布して

偶然。おっくるく　うく　まくまく面する　島。る　おっくるまる　おく、おっくるく　偶然。

よんでいるの　、は　きみ　なのか　愛しあうため。それは　それと　はたと隣り合わせになる　なぜか　偶然。

とても

内包し

うぷう　るうぷし推移して　とてもうれしそうに

内内に　あ、う　うぃ　ぷあ　るいは　あ、類　わぷ　ぅ喩。し、内内にあいし、うる。あ（るうむ　）あ　、むうるし

善処して

限界まで。

全域。　まくまく　つつ　み　そこにあたしたちーしーするーして、てすて　すくりいんに

とおとおし

条件、すくりいにんぐし　好ましい位相へうつる。ことばからことばへ

差異、転がし。　近似の溝におとし

んー。ま、経験　まくまく　い　まあじゅ、わ

喩。　とおし　ぃ　面して面し　い

くりかえしくりかえし　ふくみあい

う、うれぴしうれぴし　ことばがたえ子をよろこばせている　ぷぅい。たえ子がことばをよろこばせているうれぴしうれぴし

可能性うんと、推移させ　うる。遊ばせ　喩。　とおし

層をなし　扶助し、群をなし

まくにそってまくをかさね　し

系　有し

場。包し

内内に面し　めくるめまくまーくし　ふくらみ。胞子　形成しーし虹。薔薇し、

美゜らいて　　わぷぅし　素敵。す、くっちびるして　りぴし　　ｅｔし、　ｅｔして　　んゆ、も。もっとわ　　もんたあ　じゆ　し
い
喩。　ふくらまし
魂から魂へ、遠征する
ことばは　まく。
すくりいんにあたしうつし。　あたしへあたしへ、　うつりこんでいく。　ことばは
めるくまーくⅠし、　めくるめ、　まくまーくし　めるくまーくⅡⅢから、Ⅳ、　Ⅴとんで　Ⅵ、Ⅶへ　けすくせ。して、まく。
まくすくりいんに
この、　あたしたちうつしあい、まくとおし　あたしたち尊く　とおとおし　その、
あの　えらびあい、たがいに　らんでゔ　うぅ、らんでゔ。　内内に　うつりこませていく。
おぉ、
たえ子。ありがとう。これ、　島の　好ましい兆候。　うれしいわ、ち、兆候。
にうむにうっ　ちっち
すると、これ。いよいよですか、これ。いよいよですか
うる。
面し、　心をあわせ　かがやく互換性で　そしてし、
そして　して　類。は
あたしによく似たあたしをよび、反応し　ふさわしくそこに、あたし転写し
とおしてすとし、　あたしたちをふくみあい　類推　し、
同期し
うる。　生え生え胞　あ　るうむ　す　こんび　ほ、ほぉ　胞

あたしたちのために。　　あたし奉仕し、させあい　真剣にたたかわせ、あたしたちいっぱいに

な　　　とりあ　　　うる　む　　はぁ、　　　生え生え胞

島に

循環し。　　内密にあいしあい、相性。　内内に　　因子しーしー　適用し。

そして

まくにそってまくを脱いでいく。

生えかわる光のひだのように。　　さよなら、

ことばにならなかった　うるたち。たえ子のこどもたち。でもでも　ぷうるするまくのおくまくまくにふるいうるたち。

の、うごきはのこされ生かされていく　　んだ、泡。

つぷる　　んだっぷる活性化し　　　　（　待って…）

まく。　うぅ、　　　まく　　ぅ　輪ツぷ　ぁ　どりっぷ　液。

つぷる　うるとらるうぷし　ち、超うる。し、つぷる　うれぴしうれしっぷるして、ふくらむ島。晴れあがる空。

おめでとう。

生成エコー倍音化し、　　風。　ぷぅわ

まぷまぷ　喩、わ。　わ　ぷし　　ぷぉ。　みちがえ　る　わぷ　　みちがえるぞぽふぉ　ぃ、

なみなみまく波うち　たえ子はここに春爛漫。　　い　い　一斉に　胞子放散し、

おぉ　、ふりかえると、もうはるか後方にひらけている悠久のこの、えぴじぇねてぃくらんどすけーぷ　よ、これ見たさに。　これ見たさに

空いちめんことばに染まる。

ここに　　　　調和し

おぉ、ひだひだの　　　こ。琥珀色

つーつ、っ　このシナリオはすでに、すくりいんに書き込まれている。それが読めるのは　、島すくりいんだけ。

おぉ、たえ子　島宇宙。　つーつ、っ　うる世代の　聖なる過渡期で。　同質多形の　ぽりもるふ、を服用している。

ういういしい

知覚帯域。　内包し

たえまなく、ここへ再帰して　うぅ、でじあゔ　つーつ、っ　んー　めでたく内定し

祝し　つーつ、っ　うくしまくまく　うる　らぐうん。てす、てすくりいん　てす、　くりいん

そこはふたたびうまれていく。

まくまく　の

つーつ、っ　つー　ー　っ　つーー

うぅ、うむ　うる。ぅ　む　ゔぇると

たえ子を大たえ子がつつみ、大たえ子をさらに大大たえ子がつつんで

そのたびに、島。　をつぷる

喩まくまくし。

まぷ、　まぷ　遊しー　ひだのしたにその、ひだのしたにそのまたひだのしたに、うる。滴らせ、まく

ふくらまし。

せんねんおくまんねんあとにも　せんねんおくまんねんまえまでも

まくまくのたえ子系は、最大公約数で恵みをもたらし

島の倫理と美学を保持しつづけるため、耐久てすとをくりかえす。

おぉ、たえ子、たえ子。まくまくのたえ子。ありがとう。きみは、ぼくたちことばの鏡です。

書き込まれ　うる。

この先も、永久に　　　　て、　てすて　す　、てーす、て　てすてす　　てす　つー、つつ　つーーー大未来。

の、外。から

つ

つーー

つーー

まにふぇすと

その信号は
ぼくにはきょうれつな
でんきの
ちからに感じられました
それは
一篇の詩からの
えすおーえすでした

遙るかする、するするながらⅢ

この詩を世にとうた
よーこさんの
真意は
だれにもわからないし、だれも
ほんとうには
わかろうとしたことが
ないだろう
わからないものは
こわいだろう
こわいものには
ふたをしたがるだろう

けれど
ぼくはちっとも
こわくない
ふた、するどころか
いっしょに
そこへ入りたいくらいです
という、
この心情は
おもうに
ぼくとあなた
という、
ぜつめつきぐしゅ同士の
まれに見る
幸福な
共振結合によるものなのです
あのね
よーこさん、
ぼくはそこに見るですよ
みんなが
みすみす見逃すものを。
そう、

来たるべき
げんごげいじゅつの夜明けを、そこに。

えすおーえす

うったえている
この種を
滅ぼすな、といっている
この種が
そう、いっている
きこえてくる
その
えすおーえすを
見捨てるわけにはどうしてもいかないから
ぼくは
えすおーえすの声をひきうけ
如是我聞。
たたかいのあるほうへ
やわらかく
急ぎます

それでは、ぼくはここに表明する。

ぼくたち
正ぜつめつきぐしゅは
未来、
栄えある
たたかいの痕跡と
あたらしい種を世にのこすだろう
おそれをしらず
くったくなくのびてゆく
愛すべき
透明な世代に
おしみなく
信号を送りつづけることだろう

ぼくたちの孤独な戦場は、わすれられかけている一篇の詩の、襞にそってひらかれていきます

わるつ

ちいさな
遠心力。
その力を巧みにもちい、微分して
かしこく
おどる
極小のるうむ。
液性の
しらべを
吸い、前線で
こわれやすさをたもち
水とともに
おどる
極小のるうむ。

蜆。爆発をしまってあるような場所。

そこは、
もっともうつくしい局面で
歴史的に
はち合わせる
ふたつのまことの恋心のように

ときが来るのを
待っている

場所が行動にかわるのを。

それまでに、それはこつこつと
いとなみを
反復し
かたくうつくしく
まるみを
おび
唯一無二の相を
つくりあげ
もっともやわらかなものを
なかからだす

粘性の、
にぎわい
恍惚。
しー
熱いぜいじゃく

虹。
えーとす
そして、

そしてまた、そして。透きとおるこの、しずけさのなか

おどれ、おどれ
なお、
おどれ
おわりなき変態の、わるつわるつ。

初出

ピアノ　「詩的現代 第三次」一号 二〇二二年六月

ぴりか　「現代詩手帖」二〇二二年二月号

ぼくたちのことばが転んだとき　ウェブサイト「詩客　SHIKAKU」二〇二二年五月二一日

王国の朝　「文學界」二〇二二年九月号

あん　おきゅぱいど　「現代詩手帖」二〇二二年四月号

膜《まく》にそって膜《まく》を

著者 蜆《しじみ》シモーヌ
発行日 二〇二二年一二月二八日
発行人 春日洋一郎
発行所 書肆 子午線
〒一六二-〇〇五五 東京都新宿区余丁町八-二七-四〇四
電話 〇三-六二七三-一九四一 FAX 〇三-六六八四-四〇四〇
メール info@shoshi-shigosen.co.jp
印刷・製本 タイヨー美術印刷株式会社

ISBN978-4-908568-33-6 C0092